M. LE VICOMTE
DE CHATEAUBRIAND

ET

M. FONFRÈDE.

PAR M. LE C^{TE} DE CALVIMONT.

PARIS.

LE NORMANT FILS, ÉDITEUR, RUE DE SEINE, N° 8.

1834.

Extrait des nos des 9, 10 et 11 novembre 1831,
du *Journal de la Guienne*.

DE LA

RÉPONSE DE M. FONFRÈDE

A LA BROCHURE

DE M. DE CHATEAUBRIAND.

<hr>

Il est sans doute téméraire d'oser dans un même essai entrer en lice avec M. Fonfrède, écrivain habile, et se charger du soin de défendre M. de Chateaubriand. Dans l'intérêt de son éloquente brochure, ne suffirait-il pas de l'opposer elle seule à toutes les attaques dont elle a pu ou pourra être l'objet? Certes, je l'ai pensé, et je l'ai cru. Mais venger soi-même la vérité méconnue, l'œuvre du génie dénaturée, une noble conviction dénoncée, traduite presque au tribunal de la France, ce devoir, car c'en est un, je tente de le remplir.

M. Fonfrède commence sa critique de la brochure de M. de Chateaubriand par ces mots : « Je viens de lire cette brochure avec un sentiment de douleur et d'indignation. » Assurément, pour le réfuter lui-même, je n'aurais besoin que de cet aveu plein de naïveté.

En effet, M. Fonfrède nous parle d'abord de sa douleur. Nous la concevons cette douleur, et cela nous suffit. Oui, naturellement on regrette de perdre ce qu'on croyait être à soi, et

quand on attachait beaucoup d'importance à ce qu'on a perdu, le regret
qu'on en conçoit va jusqu'à produire
une vive douleur. Or, la douleur de-
vient souvent une passion qui égare,
et je crois que dans cette circonstance
M. Fonfrède s'est laissé égarer par
elle. J'en veux pour preuve, ici cette
apostrophe d'*écrivain passionné*, là
ces reproches d'*insigne maladresse*,
d'*audace merveilleuse*, d'*incapacité politique*, de *contre-sens absolu*, de *du-
perie* ou de *crime*, de *futilité*, et avant
tout cela, le soin que M. Fonfrède
met à présenter M. de Chateaubriand
comme dépourvu de ce qu'on appelle
le génie. Serait-ce à cause de quelques
imperfections de pensées ou de style ?
mais la plume de Corneille, après
avoir tracé des vers sublimes, en a
tracé d'autres bien inférieurs, et cependant la plus saine littérature n'a jamais

refusé le génie à Corneille. D'ailleurs, que M. Fonfrède prenne garde; s'il persiste à contester à M. de Chateaubriand le génie, c'est à son siècle même qu'il le conteste, et cela pour deux raisons : la première, parce qu'il n'est aucun homme de notre siècle, littéralement parlant, qui ait autant créé que M. de Chateaubriand, et M. Fonfrède sait que le principal attribut du génie, c'est d'être créateur; la seconde, parce que les créations, les œuvres de M. de Chateaubriand ayant été les plus universellement estimées et recherchées de notre siècle, il s'ensuit ou que ce siècle n'a pas encore eu de génie supérieur à celui de M. de Chateaubriand, ou que, s'il en a existé, il n'a pas su le reconnaître. Mais passons outre, et venons-en à la politique.

D'après M. Fonfrède, la proposition Bricqueville n'est que l'occasion dont M. de Chateaubriand se sert pour publier son écrit presque totalement étranger à cette proposition. Ainsi, avoir examiné dans cinq chapitres l'état actuel des choses, ne devait pas servir à la discussion de l'opportunité ou de l'inopportunité de la mesure proposée, unique sujet de la brochure. Cependant, comment a procédé M. Fonfrède, dans son raisonnement, à l'occasion de la même mesure ?

Il a dit : « Les révolutions ne pé-
» rissent pas faute de tels secours,
» quand elles sont justes et fortes ; de
» tels secours ne les sauvent pas quand
» elles sont injustes et faibles. » Ainsi M. Fonfrède a posé nettement la question : c'est moins la proposition en elle-même qu'il faut considérer, que la nature et les actes du gouvernement auquel on la présente.

Si M. Fonfrède, se trouvant encore

sur les bancs de la Chambre , avait jugé
à propos de discuter à la tribune la proposition Bricqueville , d'après les principes déjà établis, il aurait pris pour
texte qu'elle est *inutile*, parce que la
révolution de juillet est *juste* et *forte*:
justice et force de la révolution de juillet, telle aurait été la base unique de
son discours. Et si pour traiter cet
immense sujet il avait employé le nombre modique de 115 pages, l'aurait-il
appelé *délayé*, restreint qu'il eût été
dans un espace si étroit? Eh bien !
M. de Chateaubriand a dit aussi : La
proposition de M. Bricqueville est inutile. Mais il n'avait pas seulement à
raisonner sur un principe. Le fait de la
prise en considération par la Chambre
venait d'être accompli ; ce fait consti-
tuant à ses yeux une grande faute, c'est
contre elle et la révolution de juillet
dont elle émane qu'il a cru devoir

s'élever. Pour empêcher cette révolution de se jeter dans les lois de proscription, M. Fonfrède lui aurait vanté sa force comme garantie suffisante, de même M. de Chateaubriand, quand il l'a vue déclarer par un acte de son premier pouvoir qu'elle avait besoin de recourir à de pareilles lois, s'est cru autorisé à lui reprocher sa faiblesse et les vices de son existence. En un mot, le procès qu'il lui a intenté à l'occasion de la proposition Bricqueville, et l'importance avec laquelle il l'a soutenue sont deux choses conséquentes d'après M. Fonfrède lui-même, ou je n'entends rien en logique.

Pour seconde accusation contre la brochure de M. de Chateaubriand, M. Fonfrède la définit, *une longue protestation en faveur de la couronne d'Henri* v. Néanmoins ici M. Fonfrède ne pourra pas accuser M. de Chateaubriand d'inconséquence. En effet, quel est le lieu d'où il a écrit? Le lieu d'exil volontaire qu'il s'est choisi après avoir déclaré, en août 1830, que la France n'étant pas celle d'Henri v, il la quittait, non pour fuir et oublier son pays, mais pour être mieux compris de lui.

Or, je le demande : exilé pour Henri v, réfugié sur une terre étrangère, et cependant Français dans le cœur, à qui devaient naturellement appartenir ses méditations? à la France et à Henri v.

Un malentendu, il y a peu de temps, avait fait attribuer à M. de Lamartine des vers dans lesquels il improuvait la pieuse fidélité que M. de Chateaubriand avait vouée à l'infortune de ses anciens maîtres. Avec quel noble empressement M. de Lamartine n'a-t-il pas renié une œuvre et des sentimens qui n'étaient pas les siens? Oh! non, si la muse de notre poëte moderne s'était adressée à l'auteur d'Atala, ce n'eût pas été pour blâmer en lui le culte rendu au malheur, et la fidélité ; encens pur sans lequel il n'y a ni piété, ni sacrifice. Eh quoi ! M. Fonfrède lui-même reconnaît que l'ancienne dynastie a gouverné avec *faiblesse*, mais non avec *malveillance*. Lors donc que cette dynastie ne méritait pas même des reproches, car la faiblesse n'inspire que la pitié, un jeune enfant, plus innocent que tout autre, n'obtiendrait-il pas au moins justice ? Si M. de Chateaubriand ne lui a pas refusé la sienne, pourquoi M. Fonfrède s'en plaint-il, lui qui naguère encore n'était pas en hostilité avec le pouvoir légitime ? Aussi nous avoue-t-il qu'il a été l'objet des attaques de plusieurs journaux, pour le jugement favorable qu'il a porté sur l'ancienne dynastie.

La royauté, dit-il, était *l'instrument*

plutôt que la cause du mal qu'elle faisait. Mais, je le demande, si elle n'est pas la cause du *mal*, comment prétendre qu'elle en doit subir légitimement la peine? et s'il était vrai qu'elle ne fût qu'un *instrument*, était-il raisonnable de briser cet instrument? S'il avait servi à des hommes inhabiles, ne valait-il pas mieux se borner à le changer de mains, et alors mis en œuvre par des ouvriers capables, le bonheur de la France, d'après vous-mêmes, était assuré.

Mais M. Fonfrède ne veut d'aucun retour au passé; il désire avant tout le maintien de ce qui est. M. de Chateaubriand a-t-il donc demandé le renversement de la royauté qui tient tant au cœur de M. Fonfrède? Non, et même je trouve que le soin de prévenir ce reproche a été poussé par le noble écrivain jusqu'au scrupule.

Car avant même d'entrer en matière,
il déclare « qu'on doit au gouvernement
» qui nous régit l'impôt et l'obéissance
» aux lois criminelles et administra-
» tives ; qu'on ne doit ni conspirer en
» secret contre lui, ni chercher à le
» renverser à force ouverte ; mais que
» les lois politiques émanées de la mo-
» narchie nouvelle doivent demeurer
» dans le domaine d'une discussion
» libre. » Cependant M. Fonfrède s'é-
crie : « Voilà qui est bien entendu :
» c'est à la monarchie de Louis-Phi-
» lippe qu'en veut M. de Chateau-
» briand, c'est elle qu'il veut flétrir,
» c'est elle qu'il veut détruire ! »

M. de Chateaubriand propose-t-il
donc quelque association pour le refus
de l'impôt ? écrit-il pour établir ou
servir quelque comité, image renou-
velée de ce comité-directeur qui enta
un gouvernement occulte sur le gouver-

nement légitime des Bourbons? Dirige-t-il contre le chef de l'Etat quelque allégation calomnieuse ou quelque accusation personnelle propres à soulever la vengeance ou le soupçon? Non! Il fut un temps néanmoins où le libéralisme employa tous ces moyens contre nous. Ils lui ont réussi : c'est une raison pour qu'il ne nous les tolère jamais. Mais M. de Chateaubriand était bien en droit de démontrer comme odieux et tyrannique le bannissement légal, sous peine de mort, de la branche aînée des Bourbons, lorsque, d'après cet écrivain, le retour de cette branche pourrait rendre le bonheur aux Français. En cela, il ne sort pas des limites d'une discussion constitutionnelle. Il y a plus: la branche aînée étant absente par nécessité, elle n'en est pas moins traînée à la barre d'une assemblée où s'agitera pour elle une question de vie et de mort. Sa défense appartient alors de droit à l'individu généreux qui s'en ose charger; et, dans ce cas, la liberté d'opinion la plus franche, la plus indépendante, est un droit sacré qui rentre dans l'usage du plus noble comme du plus important de tous les droits de l'homme : la liberté de la défense.

Par là tombe cette objection, que M. de Chateaubriand *devait être satisfait, et sa brochure sans objet, dès qu'il a su que le rapport de la commission supprimait la peine de mort contre le duc de Bordeaux, s'il rentrait en France, s'en remettant aux lois et aux tribunaux ordinaires pour l'appréciation des actes politiques qu'il pourrait y commettre.*

Non, M. de Chateaubriand n'a pas pensé qu'une apparente restriction souscrite en faveur d'un prince qu'on voudrait par ce moyen attirer sans dé-

fense dans le danger, fût une raison
suffisante d'abandonner sa cause et de
la croire gagnée. Non, la brochure de
M. de Chateaubriand n'était pas sans
objet et son cœur sans inquiétude,
quand encore il lui restait à établir que
la proposition, une fois admise, devait
être appréciée comme une exclusion à
perpétuité. Que serait-ce, en effet,
qu'un prétendu recours au droit commun ou *aux lois ordinaires des tribu-*
naux ? Des princes, quand les tribunaux les jugent, ce sont les révolutions
qui les sacrifient, les révolutions toujours incrédules, toujours irritées de
l'innocence de ceux qu'elles ont déjà
frappés. « Qui de nous ignore, s'écrie
» M. de Chateaubriand, que les princes
» malheureux provoquent toujours à la
» guerre civile et trament toujours des
» complots? M. le rapporteur a trop
» jugé des autres par sa candeur. Dieu

» préserve les exilés, en changeant
» d'exil, d'être jamais jetés sur les côtes
» de France! on ne manquerait pas de
» témoins pour accuser devant la justice
» la famille naufragée d'avoir conspiré
» avec les vents. L'adversité n'obtient
» point de pardon : le droit de grâce ne
» s'étend pas jusqu'à ce crime. »

Que si M. de Chateaubriand, dans l'intérêt de sa cause, s'étant constitué l'accusateur de la révolution de juillet, a émis des principes que réprouve M. Fonfrède, celui-ci du moins, en finissant son second article, aurait dû s'abstenir de repousser toute idée de vengeance et de poursuites *judiciaires;* car les repousser en pareil cas, n'est-ce pas en donner l'éveil ?

Quand, à la barre de la convention, le courageux Desèze osa défendre l'innocence du roi-martyr en dénonçant à la France entière la corruption du tribunal auquel il s'adressait, et c'était au sein même du gouvernement qu'il parlait, la convention fut impassible contre les accusations de la défense. Desèze sortit libre du tribunal sanguinaire, il lui survécut, c'est dire que ce pouvoir ne conçut pas même à son égard l'idée d'une poursuite ou d'une vengeance. M. Fonfrède, détournant par un avertissement celles du gouvernement de juillet, ne lui suppose donc pas autant de confiance en sa force : car, s'il lui a donné cet avertissement à propos, c'est nous avoir révélé sa faiblesse ; sinon, c'est avoir commis envers lui une maladresse ou une injustice.

Mais venons-en à un examen plus détaillé. La première phrase de M. de Chateaubriand à laquelle M. Fonfrède s'attaque, c'est celle-ci : « Vous êtes » victorieux ; vous avez proscrit, vous » voulez proscrire encore. » Pour y répondre, M. Fonfrède déplace la *ques-tion* et nous transporte à d'autres temps et à d'autres événemens, sans rapport avec les temps et les événemens actuels.

Quand M. de Chateaubriand dit: « Vous êtes victorieux, » c'est bien de la victoire de juillet qu'il entend parler. Que sert après cela de le rétorquer, en lui opposant la conduite des royalistes contre le parti de Napoléon? Evidemment ce n'est ni lui ni son ombre qui nous gouverne, et j'en prends à témoin l'émeute qui eut lieu naguère sur la place Vendôme.

Si M. de Chateaubriand, au lieu de la phrase citée, avait dit, en confondant ensemble tous les révolutionnaires pas-sés et présens, modérés et furieux: « Dans un temps de terreur, vous avez » couvert la France d'échafauds et vous » l'avez inondée de sang; aujourd'hui » vous êtes victorieux, vous avez pros-

» crit et vous voulez proscrire encore, »
alors, bien évidemment, M. Fonfrède,
dans sa réponse, franchissant, à l'exemple de M. de Chateaubriand, l'époque
actuelle, aurait pu reprocher aux royalistes tous les malheurs qu'ont amenés
les diverses réactions politiques.

D'ailleurs, il n'a pu encore être
prouvé que le gouvernement de juillet,
dans des circonstances semblables, eût
la force ou le vouloir de se garantir des
mêmes actes qu'on nous oppose. En
effet, il n'est pas dit, au moment où
plusieurs condamnations capitales vien-
nent d'être prononcées contre des
hommes obscurs pris dans l'Ouest, ar-
més contre l'ordre de choses actuel,
que si de plus importantes condamnations étaient obtenues, leur exécution
ne renouvellerait pas, pour la cause et
dans le parti de la légitimité, le martyre
tant reproché des Ney, des Labédoyère,

des Mouton-Duvernet et des frères
Faucher. Du reste, pourquoi parler de
modération et de générosité, lorsque
l'on a mis à prix les têtes des Laroche-
jaquelein , des Lynch , des Lainé et
autres ?

On dit que le duc d'Angoulême *fut
sauvé* par Napoléon , et que , si cet
empereur avait été pris, nos princes
l'auraient égorgé. Est-ce donc eux qui
ont égorgé Ney ? Il a péri en vertu d'un
arrêt rendu par la chambre des pairs ,
et tous les membres qui la composaient
alors, vous les avez maintenus. Ce
n'est pas les Bourbons, mais des cours
d'assises, mais des conseils de guerre
institués alors à peu près comme aujourd'hui, qui ont fait périr les Labédoyère et autres victimes de leur trahison. Il est vrai, dites-vous, que nous
aurions dû les sauver comme vous avez
sauvé nos ministres accusés. Mais de

quoi les avez-vous sauvés? De la mort? Ils n'y ont pas été condamnés, et vous étiez trop intéressés à faire respecter l'indépendance et les arrêts de votre premier tribunal. Mais, si vous pouviez les sauver de la mort, n'était-il pas plus facile de les sauver d'une prison qui est pour eux un tombeau anticipé? et je ne sache pas que vous l'ayez seulement tenté. D'ailleurs, vous conviendrez au moins que vous n'aviez pas à leur appliquer la peine des traîtres, car le préjugé du premier moment fut que vous les aviez payés pour vous si bien servir. Continuons.

Les Bourbons, dites-vous, auraient fusillé Napoléon s'ils l'avaient pris ; mais Louvel perça un fils de France de son fer meurtrier, et cependant il y eut encore assez de clémence dans le duc de Berry expirant, pour demander la grace de son assassin. Après cela, je le demande, celle de Napoléon aurait-elle été douteuse ? Si Napoléon avait été pris et condamné ? non, il n'aurait pas péri. Ceux qui l'avaient servi et aimé n'étaient-ils pas auprès du trône des Bourbons ? Ils auraient demandé sa grace ; le duc d'Angoulême, si vraiment il fut sauvé par lui, l'aurait implorée par reconnaissance. Aux premiers on l'aurait accordée par bonté, au second par devoir. Napoléon n'avait pas fait la révolution, il l'anéantit, au contraire. Napoléon n'avait pas répandu le sang de Louis XVI. Et cependant, les régicides eux-mêmes n'ont-ils pas trouvé grace devant la monarchie *paternelle* et *légitime* ? Ne sont-ils pas venus se rasseoir en paix au foyer de leur patrie ?

Vous vous indignez contre nos princes dans la seule croyance qu'ils auraient fait périr Napoléon. Mais pourquoi donc avez-vous précisément fait votre meilleur ami du gouvernement qui l'a lâchement assassiné par les mains de sir Hudson Lowe, et que n'avez vous vengé son effroyable mort d'une manière éclatante, au lieu de demander humblement l'inutile extradition de ses cendres glacées ?

Que M. Fonfrède rentre donc avec nous dans le sujet et l'époque qu'embrasse la première phrase incriminée. Vous êtes victorieux, dit-elle, de la victoire de juillet; c'est entendu. *Vous avez proscrit;* en effet, la proposition de M. Baude a été acceptée. *Vous voulez proscrire encore:* comment l'auteur en douterait-il, puisque la prise en considération de la proposition Bricqueville a été votée à l'*unanimité?* Ce n'est donc que de cette mesure et à l'occasion de cette mesure que M. de Chateaubriand va parler.

Cependant, entendez M. Fonfrède

crier à la révolte de M. de Chateaubriand.
« Français, dit-il, vous ferez-vous com-
» plices de son dessein ? Vos divergences
» d'opinions ne cesseront-elles pas ? Ne
» vous unirez-vous pas pour frapper
» d'impuissance cette hostilité si claire-
» ment avouée ? » Mais puisque M. Fonfrède parle de divergence d'opinions, à
quel titre donc, plus que M. de Chateaubriand, pense-t-il, surtout au moyen de
la presse, devoir les réunir toutes à la
sienne ?

Il ne conçoit pas de meilleure chose
que le gouvernement de juillet, et ne
pouvant pas tolérer qu'on l'accuse, M. de
Chateaubriand qui l'a osé est traité par
lui de criminel. « Si je trouvais que la
» France va bien, lui répondra le grand
» écrivain, quoique sous un pouvoir
» que je n'admets pas, je serais un mau-
» vais citoyen de prendre ma mauvaise
» humeur pour la misère publique ; mais

» j'ai la conviction que la France va
» mal, et je suis un bon citoyen, en lui
» indiquant des remèdes. J'en ai le droit.
» Le jour où vous avez déclaré la souve-
» raineté du peuple, j'ai obtenu et je
» conserve ma part de cette souverai-
» neté, tant que le peuple légalement
» convoqué n'aura pas parlé. »

Donc, pour répondre directement
à la brochure, ce n'étaient pas des dé-
clamations adressées à tous les Français que M. Fonfrède devait mettre en
usage ; mais il n'avait qu'une chose à
démontrer au pays, c'est que ses af-
faires vont à merveille. M. de Chateaubriand ayant précisément soutenu le
contraire, M. Fonfrède serait alors vé-
ritablement entré en lice avec lui, et
avec d'autant plus d'avantage, sans
doute, que d'après lui ce grand talent
est descendu dans cette cause à un excès
inouï de médiocrité. Mais, soit que

M. Fonfrède n'ait pas compris cette tâche, soit qu'il l'ait trouvée trop difficile, il l'a éludée.

Car ce n'est pas assez de quelques tableaux jetés cà et là d'une prétendue prospérité, pour démontrer que notre situation est telle que l'exigent l'honneur et les intérêts du pays. Ce n'est pas résoudre, dans le sens de notre régénération sociale et européenne, les grandes questions de politique intérieure et extérieure, que de les ramener à des personnalités qui leur sont étrangères. Ce n'est pas détruire des vérités que de s'armer contre elles d'ironie et de sophisme.

Ainsi M. de Chateaubriand a nommé la royauté de Philippe *monarchie élective*, et M. Fonfrède s'irrite de ce titre. D'après lui, si cette royauté a été un moment élective, elle a perdu cette qualité pour redevenir à tout jamais *hé réditaire*. Mais c'est un fait incertain qu'il appartient à l'avenir seul de juger, tandis que le résultat positif et authentique de la révolution de juillet est d'avoir rendu la couronne élective, par l'élection du roi Philippe, comme un effet immédiat de la souveraineté *populaire*.

Venons maintenant à de plus sérieuses observations. M. de Chateaubriand a dit qu'après la revolution cinq choses étaient possibles : 1° la république; 2° une race nouvelle; 3° Napoléon; 4° Henri v; 5° Louis-Philippe. Ces cinq sujets forment ce que M. Fonfrède appelle la thèse de M. de Chateaubriand. Cette thèse va devenir le point culminant de ses attaques. Mais, en accusant le noble écrivain d'avoir voulu par cette thèse bouleverser l'état, il ne prend pas garde à deux choses : la première, que si M. de Chateaubriand admettait les quatre premières parties de la thèse, il

devait aussi forcément admettre la cinquième qui concerne la *royauté de Philippe ;* la seconde, que si M. de Chateaubriand n'a pu admettre cinq choses qui
s'excluent mutuellement, tout en se dé-
clarant le défenseur de l'une d'elles, il
a dû néanmoins remplir par rapport
aux autres le rôle d'historien et d'ap-
préciateur politique : c'est là ce qu'a fait
dès le début la brochure.

M. de Chateaubriand, se reportant
au moment de la révolution de juillet,
nous expose ce dont il fut le témoin. Il
vit d'abord le pouvoir légitime abattu ;
en son absence, cinq partis pouvaient
entrer en lice pour le remplacer. De
ces cinq partis il en avait quatre sous les
yeux ; le cinquième seulement, le parti
d'une race toute nouvelle, quoique dans
l'ordre du possible, ne se présentait pas.

Quant à la république, M. de Chateaubriand, dit-on, parle d'elle de ma-

nière à en favoriser l'établissement. Eh quoi ! il vous dit lui-même qu'en France la république ne pouvait revivre qu'avec la terreur ; il s'est hâté d'avance de flétrir cet esprit de propagande originaire de la république française , et qui tend à niveler les institutions dans tous les états, sans égard pour les plus grands obstacles, comme au prix de toutes les calamités.

Mais malgré ses principes personnels, M. de Chateaubriand avoue que la république eut beaucoup de chances dans les jours de juillet. A la chambre élective, n'a-t-on pas dit que si la royauté citoyenne fût arrivée à l'Hôtel-de-Ville une heure plus tard, elle y eût trouvé la république installée sans retour ? La république eut donc des *chances* ; et pour prouver qu'il le concevait très-bien, M. de Chateaubriand se contente de dire que ce genre de gouvernement se trouve dans les mœurs de nos premiers pères, et même du peuple juif. Il est vrai que M. Fonfrède signale les prêtres juifs comme voulant conserver l'empire absolu. Mais qu'importe à la question de savoir dans quelles mains était placé le pouvoir? il ne s'agit que du genre de ce pouvoir, et c'était une république. Quant au parti de Napoléon ii, M. Fonfrède ne nie pas qu'il ait conçu des espérances en juillet 1830. D'ailleurs il suffisait à M. de Chateaubriand, de constater que si ce parti alléguait des droits, il pouvait légitimement les fonder sur la plus brillante des gloires militaires, sur l'honneur et la force acquis par elle à la France, et sur cette sorte de légitimité que le mérite sait se donner. Tout cela, l'histoire juste et impartiale le dira: pourquoi M. de Chateaubriand l'aurait-il dissimulé?

Mais M. Fonfrède est si ombrageux

quand il s'agit de la royauté citoyenne ; qu'il soupçonne de malveillance tous les rapprochemens qu'on peut faire d'elle avec d'autres régimes.

Ainsi, dans tout ce qu'a écrit et pensé M. de Chateaubriand, M. Fonfrède ne voit qu'une intention, qu'un but, c'est *d'insulter la monarchie de Louis-Philippe.* Toutefois il se charge de la venger. N'est-elle pas, dit-il, aussi légitime que celle de Hugues Capet ? Le bel exemple qui, en nous reculant de dix siècles, détruit par là même tout l'avantage que nous offrait une monarchie d'aussi longue durée ! S'il est dans nos lois civiles une prescription pour le repos des familles et l'intérêt de la propriété, à plus forte raison, pour le repos des sociétés il doit y en avoir une en faveur des couronnes, qui les rende aussi durables que le temps. C'est cette durée qui est la meilleure des légitimités. M. Fonfrède méconnaît donc ce grande principe en nous reportant à l'établissement de Hugues Capet. D'ailleurs M. Fonfrède revient plus tard à Hugues Capet; plus tard nous y reviendrons nous-mêmes.

Je demanderai à M. Fonfrède ce qu'il veut établir en niant que Charles x ait abdiqué volontairement. Ce malheureux roi y fut-il contraint par sa *position?* mais cette position même lui a inspiré la volonté d'abdiquer, car sans doute M. Fonfrède ne présume pas que pour l'ordinaire un roi abdique sans raison. Les vainqueurs de juillet l'auraient-ils exigé de lui? D'abord, en fait, ils n'ont pas été à même d'exercer cette contrainte. Et puis, que leur importait une *abdication* dont ils n'ont tenu aucun compte à l'égard de celui à qui elle profitait? Charles x a donc abdiqué volontairement.

Si ce monarque et le dauphin ont abdiqué volontairement, c'est qu'ils ont cru ce sacrifice nécessaire au repos de la France. Mais les libéraux n'avaient mis la France en mouvement que dans leur intérêt: donc, ils ne voulaient pas qu'elle se reposât sitôt.

M. Fonfrède reproche à M. de Chateaubriand d'*insoutenables subtilités.*— Mais n'en est-ce pas une de prétendre que Charles x, loin d'avoir abdiqué volontairement, l'ait fait par la force des canons et des pavés? A-t-il donc oublié que pas un seul pavé, pas un seul boulet ne vint frapper Rambouillet?

Une attaque aurait sans doute déterminé une défense que le roi, malgré bien des chances de succès, ne crut pas devoir permettre à l'impatiente ardeur de sa fidèle garde. « La jeunesse des » barricades, les vainqueurs de la mi- » traille bourbonnienne, dit M. Fon-

» frède, ne voulaient pas votre Hen-
» ri V.» Sans doute, si M. Fonfrède,
partageant le triomphe de M. de Chateaubriand, eût été comme lui élevé sur
le pavois par cette jeunesse, il eût jugé
autrement de ses sentimens.

Mais entre deux hommes dont l'un
atteste un fait qu'il a vu ou entendu,
et l'autre qui, n'en ayant pas été le
témoin, le nie, je n'hésite pas à donner ma croyance au premier.

Or, c'est le 29 que M. de Chateaubriand dit avoir échangé avec les Pari-
siens qui le portaient dans leurs bras le
cri de *vive le roi;* et quand, le même
jour, on a proposé le retrait des ordonnances et le ministère Mortemart,
ce n'est pas *le peuple*, *la jeunesse des
barricades*, *les vainqueurs de la mi-
traille* qui ont répondu: «*Il est trop
» tard!*» mais c'est un seul homme,
c'est Lafayette!...

Eh bien! si alors et presque à la même heure M. de Chateaubriand consulté eût pu faire entendre sa réponse, croit-on que celle-là, donnée par lui du milieu d'une ovation populaire, n'eût pas été mieux accueillie par le peuple que celle de Lafayette donnée en place de Grève?

M. Fonfrède ajoute que la haine des Français pour Henri v est telle que, lorsque des *provocateurs insensés* eurent attaché *l'image de ce jeune enfan au catafalque de son père, on vit les flots du peuple agité renverser les monumens du culte, détruire l'archevêché, ébranler le sol ému de la capitale entière.* Heureusement M. Fonfrède s'empresse de nous expliquer, dans une note, que ces désordres furent commis par des *malfaiteurs.* A la tribune de la chambre élective, d'ailleurs, il fut prouvé qu'à l'archevêché notamment, on ne leur opposa aucune résistance. Mais la cause de ce mouvement populaire *était juste*, dit M. Fonfrède. Ne se souvient-il donc plus du procès du jeune Balthazar? car les arrêts de la justice servent à écrire l'histoire avec vérité.

Eh bien! par ce procès, où fut prononcé l'acquittement de cet élève de l'école militaire, il est démontré, 1° qu'il n'y eut pas des *provocateurs insensés*, comme l'entend M. Fonfrède, car l'élève seul se déclara coupable! et certes, s'il avait eu des complices, ils n'auraient pas échappé, le préfet de police lui-même ayant assisté au service du duc de Berri; 2° qu'il n'y eut pas *provocation*, puisque cette lithographie fut placée sur le catafalque au moment où le service était déjà fini, et après que tous les assistans eurent évacué l'église.

Si c'était la haine d'Henri v qui eût occasionné les troubles du 13 février,

certes un service public à la mémoire
de son père et qui avait attiré la foule
des fidèles en aurait été une cause suffisante. Loin de là, pas un attroupe-
ment n'eut lieu, pas une menace ni
une insulte ne furent entendues sur la
place de Saint-Germain-l'Auxerrois et
dans les environs, pendant plus de deux
heures que dura le service.

Mais le juste-milieu craignait déjà
le funeste effet que produirait une cé-
rémonie qu'on saurait s'être passée dans
la plus grande tranquillité, comme dans
le plus profond recueillement; heureusement donc pour lui la lithographie
étant survenue, on en put faire un prétexte pour ameuter la horde des malfaiteurs. On cria bien haut et presque
à la fois, dans tous les faubourgs où
cette horde stationne, que le buste de
Henri v, environné de drapeaux blancs,
avait été porté en triomphe et inauguré

par les carlistes et le clergé assemblés dans l'église de Saint-Germain-l'Auxerrois. Voilà les menées au moyen desquelles on souleva le mouvement populaire du 13 février. M. Fonfrède réprouve lui-même ceux qui en furent les instrumens ; dira-t-il encore que, dans son origine, il n'eut qu'une cause *juste et politique?*

Qu'est-ce, en effet, qu'une *cause* qui a pour résultat d'ameuter des malfaiteurs, et que dire d'une *politique* qui, avec eux, ne produit que le désordre et le pillage? Si donc rien n'atteste la haine prétendue du peuple français pour Henri v, pourquoi tant vous élever contre une simple supposition de M. de Chateaubriand? Car, d'après lui, si Henri v avait été proclamé, ni l'armée ni les populations des villes et des campagnes n'auraient bougé. Voilà l'allégation d'un fait incertain il est

vrai, mais probable tant que vous n'op-
poserez pas à cette probabilité des faits
qui la rendent impossible. Jusque-là,
vous n'aurez pas justifié cette phrase où
vous dites: « Nous étions placés dans
» des circonstances rares, mais décisives,
» où la grande dictature des faits ordon-
» nait impérieusement une exception
» à la loi héréditaire de la couronne. »

M. de Chateaubriand établit que le
fils des Stuarts perdit sa couronne parce
qu'il avait été élevé dans une religion
hostile à celle d'Angleterre. La révolution d'Angleterre eut donc un motif
tout religieux, motif que n'a pas évidemment celle de France. Or, la con-
clusion toute naturelle qu'il faut tirer
de ceci d'après M. de Chateaubriand,
c'est que la chute des Stuarts ne peut
pas être considérée comme un précé-
dent fâcheux pour les droits et l'avenir
d'Henri v.

C'est une erreur, répond M. Fonfrède, et au contraire la parité entre
les deux révolutions est parfaite. L'héritier des Stuarts avait été élevé dans
une religion contraire à celle de son
pays. Cela explique comment il n'a
jamais pu triompher d'une révolution
toute religieuse. De même la révolution
française est toute politique, et Henri v n'en triomphera jamais, parce qu'il
a été élevé dans des principes politiques
tout-à-fait contraires à ceux de son
pays.

Mais d'abord je rendrai grace à
M. Fonfrède d'avoir ainsi, en faveur de
notre système, posé nettement la diffi-
culté. La révolution d'Angleterre était
religieuse ; la nôtre est politique : la
parité entre elles n'existe donc pas. La
parité n'existe pas davantage dans les
conséquences que M. Fonfrède veut en
tirer.

En effet, il est clair que l'Angle-terre, étant toujours protestante, pou-vait refuser un roi qu'elle savait per-sister dans le catholicisme. Mais serait-ce donc que les principes politiques fussent aussi constans et invariables chez les peuples que le sont les reli-gions? Ce n'est pas pour la France du moins que M. Fonfrède peut réclamer ce privilége, pour la France qui, de-puis cinquante ans, ayant changé si sou-vent de gouvernement, prouve par là qu'elle a changé autant de fois de prin-cipes politiques.

Si vous m'objectez que, pour le mo-ment du moins, au 29 juillet, ses prin-cipes s'opposaient à ce que vous pro-clamiez Henri v, je vous répondrai que non. N'était-il pas en effet dans l'âge où l'on commence à peine l'éducation politique des princes? et vous ne vous êtes pas seulement mis dans le cas, en le reconnaissant roi, de demander à vous charger de la sienne.

La révolution anglaise, qui était conservatrice plutôt que subversive, eut un motif de religion. Le pouvoir légitime ayant lutté contre elle de tous ses moyens, dut, en se retirant, se convaincre au moins de sa faiblesse. Dans la révolution de juillet, il n'y a eu d'autre politique que celle du hasard, qui vous a livré la royauté sans force, sans défense; et vous l'avez sacrifiée, ne dites pas à votre politique, mais à votre haine.

Car votre politique devait être satisfaite par le retrait des ordonnances et le changement de ministère. Me parlerez-vous encore du sang du peuple répandu? Mais, pour l'expier, deux abdications à la fois vous étaient offertes. Enfin, après tant de désastres et de réparations, ne deviez-vous pas laisser votre politique maîtriser un peu votre vengeance? n'était-ce pas là du moins ce que pouvait vous inspirer la raison? Mais non, vous n'écoutâtes que votre haine implacable pour les Bourbons de la branche aînée ; et c'est à cet unique sentiment, qui, certes, ne fut jamais la base équitable de principes politiques, que vous avez voulu les immoler tous et sans retour.

Quant à l'apologie que M. Fonfrède a essayé de faire de l'état actuel du pays, j'avoue que je ne pourrai le suivre pour deux raisons.

D'abord, parce que, dans les choses positives et accomplies que M. de Chateaubriand et M. Fonfrède ont présentées tour à tour, le premier par son éloquence absorbe tellement l'attention que rien ne saurait là distraire ; ensuite, pour établir notre prospérité actuelle, M. Fonfrède se fonde surtout sur une prospérité à venir, que moi je n'entrevois pas comme lui.

Le commerce, dit-il, *reprendra aussitôt que les inquietudes seront tout-à-fait calmées; la persévérance du gouvernement de Louis-Philippe nous assurera les bienfaits d'une paix définitive.* Mais comment espérer tout ce bonheur prochain? Si c'est d'après l'état actuel du pays, le grand maître en a tracé le sinistre et véritable tableau de manière à nous faire voir à notre horizon tout autre chose qu'un printemps et des roses. Je suis d'ailleurs étonné que M. Fonfrède présume si bien de l'avenir, lorsque dernièrement, à l'occasion de l'abolition de l'hérédité de la pairie, il a semblé désespérer du salut de l'état. Mais, revenu de son premier effroi, le voilà entièrement rassuré sur nos brillantes destinées.

Il en a, dit-il, pour premier garant

une institution qui manquait à Charles x et à qui Charles x a manqué, celle de la garde nationale. A cet égard, M. Fonfrède adresse à M. de Chateaubriand une réflexion et une question dont il est bon de dire un mot. La *réflexion*, la voici : « Ne sentez-vous pas, » raisonneur maladroit, qu'un gouver- » nement que la garde nationale pro- » tège est un gouvernement national ? » Ainsi, la garde nationale, d'après M. Fonfrède, rend national le gouvernement qu'elle protège, et il affirme que la garde nationale de France protège le gouvernement de Louis-Philippe. Mais aussi qui vous dit qu'elle ne protégerait pas le gouvernement d'Henri v ? qui vous dit qu'elle n'eût pas protégé même celui de Charles x, après les premiers troubles passés ? Il est au contraire notoire aujourd'hui, peut qui veut interroger les habitans de Paris, que si, aux événemens de juillet, la garde citoyenne de cette capitale avait été organisée, Charles x serait encore sur le trône; sa puissante médiation aurait évité tous les malheurs. D'ailleurs, sur quoi se fondèrent les libéraux à l'époque de la dissolution de cette garde, pour la reprocher à Charles x? précisément sur sa fidélité et ses bonnes intentions. Donc alors, d'après eux, le gouvernement était encore national; et cependant pourquoi le combattaient-ils? Or, ils le combattaient, et par des moyens bien perfides, puisque depuis 1814 leur parti, en faisant mine de soutenir la charte combinée avec la légitimité, s'est flatté d'avoir en cela joué une comédie de quinze ans.

L'argument que M. Fonfrède chercherait à tirer des gardes nationales est donc tout-à-fait nul, puisque des gardes nationales en armes ont également présidé au temps de la république, de la terreur, du directoire, de l'empire et de la restauration. L'institution des gardes nationales a pour but, avant tout, le maintien du bon ordre que la politique offre souvent l'occasion de troubler; et s'il arrivait que cette dernière vérité trouvât de fréquentes applications sous le gouvernement de Louis-Philippe, il serait maladroit, à cette occasion, de parler du zèle de la garde nationale pour la défense de sa personne. Cette défense en effet n'est autre pour le plus souvent que la défense personnelle et intéressée de la garde nationale elle-même contre l'infatigable lion des émeutes, toujours rugissant et toujours prêt à se ruer contre elle.

Si c'est donc surtout par l'imminente utilité des gardes nationales pour votre gouvernement, que l'on doit le juger et l'appeler national, j'avoue que le mot

est juste et bien choisi ; car jamais aucun gouvernement ne leur a occasionné
ni autant de fatigue , ni autant de dé-
boire , ni même , je crois , autant de
blessures.

Ensuite faites attention à une autre
conséquence de votre doctrine , et assez
fâcheuse pour elle : c'est que si votre
gouvernement n'est national que par les
gardes nationales qui en sont en quelque
sorte la vie, partout où il n'y pas de
garde nationale , là donc votre gouvernement n'a pas d'existence nationale ;
et comme l'Ouest et le Midi n'ont pas
encore vu l'organisation de leurs gardes
nationales, sur quatre côtés de la France
deux en étant ainsi presque dépourvus,
il s'ensuivrait que tout au plus vous
pourriez appeler votre gouvernement
semi-national , ou bien aux deux tiers ,
ou bien aux trois quarts , comme il vous
conviendra.

4

Sachez cependant qu'un sentiment n'est national, qu'une institution n'est nationale dans un pays, qu'autant que cette institution et ce sentiment embrassent toutes les parties qui composent le pays; et il suffit que la plus petite fraction s'en détache, pour que la nationalité, entendue dans la véritable acception de ce mot, cesse à l'instant.

La question sur le même sujet que M. Fonfrède adresse directement à M. de Chateaubriand est celle-ci : Pourquoi Charles x a-t-il dissous et chassé honteusement cette garde nationale *que Louis-Philippe appelle autour de lui, dans laquelle les fils de Louis-Philippe sont fiers de fraterniser avec leurs braves concitoyens?* La réponse, la voici : Parce que, dans une revue mémorable, plusieurs membres de la garde nationale parisienne ayant manqué à la discipline

militaire, Charles X a cru devoir, à
tort ou à raison, peu importe, il en
avait le droit, frapper de sa sévérité le
corps entier. Voilà l'unique motif.

Mais vous, de même, à Perpignan et
dans d'autres villes fameuses du Midi,
ne venez-vous pas de casser les gardes
nationales? Vous trouveriez cependant
très-mauvais qu'à cette occasion on
vous accusât de viser au despotisme et
à la tyrannie. Vous vantez beaucoup
Louis-Philippe de rassembler autour
de lui sa bonne garde nationale; mais
il y est forcé en vertu même de son
existence royale. Les revues de cette
garde nationale n'étaient pas pour les
princes de la restauration chose également obligée, et cependant vous auriez
peine à compter le nombre et à renou-
veler l'enthousiasme de celles qui eurent
lieu pendant la durée de la restauration.

Nos deux derniers rois ont souvent dépouillé la pourpre royale pour se revêtir avec orgueil de l'uniforme de la milice parisienne, et des fils de France se sont plus d'une fois montrés fiers et empressés de la commander.

Vous dites que la dissolution de la garde nationale eut lieu parce que le gouvernement de Charles x *ne pouvait compter sur elle pour appuyer ses desseins secrets.* Mais, d'abord, quels pouvaient être ces desseins secrets au moment même où le roi se détachait du ministère Villèle pour en venir à un ministère du centre gauche ? En admettant néanmoins la probabilité de ces prétendus desseins, si, pour le cas de leur exécution, Charles x ne comptait pas sur la garde nationale, c'est qu'il la redoutait. Expliquez-nous alors comment il ne l'a pas désarmée.

Car, en laissant des armes à un en-

nemi, cet ennemi reste d'autant plus
puissant qu'il a plus de vengeance dans
le cœur. Or, humilier la garde nationale en la congédiant, et la laisser armée, c'était une mesure, je l'avoue,
assez mal prise; mais cette mesure de-
vient tout-à-fait inconcevable quand on
veut la faire servir à l'intérêt de desseins
secrets et hostiles. Force est donc de
ne plus parler de ces derniers, et d'expliquer la dissolution de 1827 comme
ayant été une mesure répressive, pro-
visoire, sur laquelle même on s'était
réservé de revenir un jour, avec d'autant plus de facilité qu'on n'avait pas
opéré le désarmement.

Mais tant que ce désarmement n'a-
vait pas été fait, la garde nationale,
comme moyen de force, existait encore
tout entière dans Paris; elle pouvait
ressusciter terrible si les libertés de la
nation étaient attaquées.

Aussi Charles x, qui ne voulait pas attenter à ces libertés, quoiqu'il crût pouvoir user de l'art. 14, ne songea pas à désarmer la garde nationale. Il n'est donc pas vrai de dire, avec M. Fonfrède, que son gouvernement fut anti-national.

Quant au passage de la brochure de M. de Chateaubriand relatif à notre diplomatie, il n'excite pas moins que les autres l'indignation de M. Fonfrède. Il lui en veut surtout d'attaquer le système de paix du gouvernement. Cependant, à entendre M. de Chateaubriand, un des principaux motifs qui lui faisaient souhaiter la reconnaissance d'Henri v comme roi, c'est qu'avec lui la guerre n'avait pas même de prétexte. Au contraire, notre ordre de choses actuel sera toujours ce prétexte lui-même, savoir, une souveraineté du peuple presque isolée en Europe, ayant à lutter contre les souverainetés coalisées des rois. Eh bien! cette position même de la France à l'égard des autres états explique à M. de Chateaubriand les devoirs du gouvernement de juillet, et la conséquence immédiate qui en résultera pour lui s'il n'est pas fidèle à son principe. « *Si l'édifice de juillet*, dit-il, *ne repose que sur le sacrifice de la dignité nationale, il croulera.* »

Or, le gouvernement de juillet avait déclaré, dès long-temps même avant la victoire, lorsqu'il n'était encore que comédien sur le théâtre de la restauration, que la France avait en 1815, soit pour le retour des Bourbons, soit pour les divers traités, honteusement subi la loi de l'étranger. Il eût donc été de la dignité nationale, entendue dans le sens du gouvernement de juillet, de combattre ces traités; mais on ne les a pas combattus.

Il y a plus : la restauration fut fidèle à son principe en relevant, par une guerre honorable, la royauté d'Espagne. Elle dépassa même ce principe en assurant l'indépendance de la Grèce ; elle mit le comble à sa renommée brillante et à son influence extérieure par la glorieuse conquête d'Alger.

Après de si mémorables exemples du côté de la restauration, M. de Chateaubriand n'a-t-il pas raison de s'étonner que le gouvernement de juillet, d'abord, n'ait pas fait droit à ses anciens griefs contre les traités de 1815 ; qu'ensuite, il n'ait pas été fidèle à son principe par le refus de secours fait à la Pologne et à l'Italie ; qu'enfin, il ait été tout-à-fait à l'encontre de son principe en refusant la Belgique, lorsque, par cette adjonction si facile, il ne faisait que renforcer et étendre le domaine de la souveraineté du peuple ?

Ce n'est donc pas un beau zèle pour les révolutions qui porte M. de Chateaubriand à exprimer une façon de penser un peu sévère sur nos relations avec l'extérieur. Non, ce n'est pas pour la satisfaction de sa politique personnelle (eh! que m'importent vos actes? a-t-il dit), mais uniquement pour céder à l'entraînement de sa logique, qu'il a déduit les conséquences que n'a pas eues et qu'aurait dû avoir la révolution de juillet.

Assurément l'égalité est la première condition de la souveraineté populaire. Eh bien! M. de Chateaubriand a-t-il eu tort de montrer cette égalité détruite dans la loi sur la pairie? La dignité de pair, telle qu'on vient de la créer, sera non pas un privilége dont on pourra doter le premier Français venu qui l'aurait mérité, mais un accroissement de priviléges pour ceux qui en auraient déjà d'autres.

L'égalité veut encore qu'on n'ait, dans l'application des lois ou d'une mesure politique, des préférences ou des ménagemens marqués pour aucun individu comme pour aucun parti. Eh bien! les saisies des journaux royalistes, les visites domiciliaires, les arrestations nombreuses de prétendus carlistes, alors que les véritables conspirateurs ne trouvent de baïonnettes que sur les places publiques, tout cela n'atteste-t-il pas l'inégale application des lois ?

M. de Chateaubriand a donc eu raison de dire, au sujet de la liberté de la presse, par exemple : *Tôt ou tard le gouvernement sorti des entrailles de la liberté de la presse égorgera sa mère.* Que lui faudrait-il en effet pour cela ? Une loi d'exception. Mais n'en court-on pas le danger si l'on sanctionne celle dont il s'agit aujourd'hui ? Car on sait que les révolutions une fois entrées dans cette voie funeste ne s'y arrêtent pas. Le gouvernement de juillet aggravera donc la situation de la France, déjà bien déplorable, s'il n'évite pas le nouvel écueil que lui a si éloquemment signalé la brochure de M. de Chateaubriand. Tel a été le texte de cette brochure. Je le demande maintenant, y a-t-elle été fidèle ?

Je ne terminerai pas sans dire un mot de la partie historique des articles de M. Fonfrède. Il prétend que la royauté de Louis-Philippe est tout aussi légitimement établie que le furent celle de Hugues Capet pour la France, et celle de Guillaume pour l'Angleterre. Je soutiens, moi, qu'il n'y a aucune parité à établir entre elles et notre royauté citoyenne, ni quant à l'élection, leur principe commun, ni quant aux circonstances qui amenèrent leur établissement.

Et d'abord, comment Guillaume fut-il élu roi? C'est qu'avant tout il était protestant. « Or, dit l'historien Lin- » gard, tom. XIV, pag. 117, si Jacques » avait été protestant, il est présumable » qu'on ne lui aurait pas disputé son » pouvoir. »

Par qui la nation voulait-elle le remplacer sur le trône? Par Marie, sa fille, qui était naturellement héritière présomptive de la couronne avant la naissance de son frère. Or, les Anglais jetèrent les yeux sur elle pour deux raisons, qu'il faut bien considérer : la première, parce qu'ils étaient très-attachés à la religion du pays; la seconde, parce qu'ils étaient très-attachés aux principes de la légitimité, et conséquemment à celui de l'hérédité.

Par ces motifs, ils offrirent d'une manière spéciale et exclusive la couronne à Marie seule; et Guillaume ne

crut pouvoir y compter que lorsque
« son épouse (dit l'historien cité plus
» haut) le manda et lui fit, en présence
» de son instructeur, la promesse so-
» lennelle que, quelle que fût l'autorité
» qui pourrait ultérieurement lui échoir
» en partage, elle serait tout entière
» exercée et possédée par lui seul; qu'il
» gouvernerait, et qu'elle se comporte-
» rait comme une épouse aimante et
» soumise ; qu'elle ne demandait rien
» en retour de cette marque d'affection
» que d'être assurée que, puisqu'elle
» mettait en pratique le commande-
» ment, *Femmes, soyez soumises à vos*
» *maris en toutes choses*, de même lui
» observerait de son côté celui qui dit :
» *Maris, aimez vos femmes.* »

Guillaume, qui était encore en Hol-
lande quand Marie lui promit l'autorité
royale, savait donc que, sans cette con-
cession, il n'aurait jamais pu y préten-

dre. Marie, en effet, puisait toute la force de ses prétentions dans l'apparence de légitimité dont elle était revêtue. Je m'explique : la haine de la religion que Jacques II professait, ainsi que la reine, avait excité contre eux de tels préjugés, qu'on crut presque universellement à la fausseté de la grossesse de la reine, et à la supposition d'un enfant étranger. Cette fable, inventée et propagée par les ennemis du roi, fut accueillie par la grossière crédulité du peuple. On lui présenta la naissance de l'héritier des Stuarts comme étant une infâme trahison tendant à perpétuer le papisme, et à renverser les droits exclusifs que Marie, princesse d'Orange, avait au trône.

Le préjugé du peuple, joint à son amour pour le protestantisme, atteste donc que les véritables causes de la révolution de 1688 furent en faveur de la religion nationale et du vieux dogme de la légitimité.

Les mêmes circonstances, je le demande, préparaient-elles la royauté de Philippe? Henri v ne professe-t-il pas la religion de la majorité des Français? S'élève-t-il le moindre doute, dans la conviction des gens raisonnables, sur la légitimité de sa naissance? et, par la double abdication, n'était-il pas appelé au trône de ses pères?

Les idées anciennes, que l'Angleterre appelait *sa bonne vieille cause*, ayant donc présidé à l'avènement de la maison d'Orange, et les idées nouvelles, ou des intérêts de parti, ayant créé la royauté citoyenne, nul rapport ne peut être établi entre ces deux grands événemens de l'histoire.

Prétendrait-on que l'élection fut à égal titre le principe des deux dynasties? Mais d'abord, l'élection fut com-

plète pour Guillaume ; car, d'après
M. Fonfrède lui-même, les deux chambres prirent part à cette élection (et aucune des deux n'avait subi de changement) ; elles la votèrent à la presque
unanimité, parce que depuis long-temps
elles faisaient une commune opposition
contre la royauté.

L'élection de juillet, au contraire,
n'a été que partielle, puisqu'une grande
partie de la chambre des pairs, de gré
ou par violence, n'y a pas pris part.

A la chambre des députés également,
la majorité pour Louis - Philippe se
composa d'un très-faible nombre de
voix.

D'ailleurs, l'élection est-elle le meilleur des titres à la royauté? M. Fonfrède semblerait convenir du contraire
en avouant que Guillaume, malgré l'appui des deux chambres, élémens de
toute force politique dans la Grande-

Bretagne, eut néanmoins beaucoup de peine à faire respecter sa couronne, et qu'il eut même besoin pour cela du secours d'armées étrangères.

Sans doute la royauté de Philippe n'en a pas appelé auprès d'elle. J'en trouve une raison toute simple et péremptoire : Guillaume avait été réellement créé roi par l'élection complète des deux chambres ; mais hors de là, les classes moyennes de la nation n'étaient pas pour Guillaume, ainsi que l'atteste la profonde consternation qu'elles montrèrent lors de la fuite du roi Jacques : ce furent ces classes que Guillaume eut à combattre avec des forces étrangères. Mais, pour Louis-Philippe, l'élection n'étant que l'accessoire de sa royauté, il sentit qu'il lui fallait chercher son principal appui dans le peuple des barricades. Ce peuple se pressa donc autour de son trône, pour

en faire la force matérielle. Louis-Philippe eut cette force, j'en conviens.
Guillaume ne l'eut pas d'abord; mais le
vote si imposant des chambres lui avait
donné une grande force morale : aussi
il y a cent cinquante ans que sa dynastie
est assise paisiblement sur le trône d'Angleterre.

Guillaume, d'ailleurs, eut à combattre l'armée de Jacques, bien disciplinée
et bien préparée à l'exécution de ses
devoirs. Le peuple des barricades, au
contraire, jeta beaucoup de pavés dans
les rues; mais des soldats, il n'y en avait
point. Un petit nombre seulement, qui
faisait la garde ordinaire, dut bientôt
s'effacer devant l'immense supériorité
des agresseurs. Surprise de cet aban-
don, unique fruit de l'imprévoyance,
la royauté légitime fut éconduite à la
hâte du royaume. Était-ce après cela, je
le demande, une conquête bien difficile

pour le candidat des vainqueurs de juillet, que celle d'un trône délaissé, et qui, par la rapidité des événemens, put être ainsi occupé avant même d'être défendu ?

Quant à Hugues Capet, je puis tirer de son rapprochement avec notre royauté citoyenne à peu près les mêmes conclusions que m'a fournies l'exemple de Guillaume. Et d'abord, je soutiens que dans l'élection de Hugues Capet on ne viola pas les droits de la légitimité.

En effet, Louis v, fils de Lothaire, était mort sans enfans : ainsi s'éteignait la seconde race. Or, sous la seconde race, on ne s'était pas cru astreint à la loi, et à la coutume suivie sous la première, de donner la succession au plus proche dans la ligne collatérale, à défaut d'héritiers dans la ligne directe. Louis v ne laissant donc qu'un oncle, Charles, duc de la Basse-Lorraine, et cet oncle ayant, en quelque sorte, répudié sa patrie par une alliance étroite avec Othon II, le plus grand ennemi de la France, cette raison et celle dont j'ai parlé le firent écarter du trône.

Mais il y a plus : c'est qu'en choisissant à sa place Hugues Capet, le seigneur le plus aimé, et parent du feu roi, on croyait, pour ainsi dire, obéir à sa dernière volonté : car alors il fut accrédité dans toute la nation que Louis V, en mourant, avait désigné Hugues Capet pour son successeur. L'élection de ce roi ne fut donc pas opérée en haine de la légitimité.

Quant à son élection, elle ne fut pas populaire, mais aristocratique. En effet, l'histoire dit simplement que les seigneurs *assemblés* lui déférèrent la couronne, d'un commun accord, à Noyon, le *troisième juillet*. Cette élection néanmoins, toute complète qu'elle

était, ne fut pas très-nationalement
adoptée ; car Charles, alléguant ses
droits prétendus au trône, trouva, au
seul nom de légitimité, assez de par-
tisans en France pour l'aider à faire la
guerre avec avantage à Hugues Capet.

J'ai prouvé, je crois, par ces courtes
citations historiques, qu'il n'y a aucune
similitude à établir entre la plus ancienne de nos révolutions et la plus moderne. Chaque révolution étant le résultat d'événemens extraordinaires et par-
ticuliers au pays qui en est le théâtre, et
à l'époque où ils se passent, ne peut se
coordonner avec d'autres révolutions,
qui furent elles-mêmes produites dans
d'autres temps et dans d'autres pays.

Que M. Fonfrède ne prétende donc
expliquer la révolution de 1830 que par
elle-même. En vain persiste-t-il à vouloir justifier la royauté de Philippe par
la royauté de Hugues Capet ; reste tou-

jours que la première aurait à remplir une tâche de longue durée, car elle devrait laisser s'écouler devant elle le même intervalle de dix siècles qu'elle trouve en arrière, pour remonter jusqu'à l'origine de la seconde.

Si j'ai démontré, par les faits de l'histoire et les argumens de la logique, que la brochure de M. de Chateaubriand est le langage de la vérité, j'ai démontré par là même que la critique de cet ouvrage en relève le mérite. Les pensées comme les choses, en effet, acquièrent du prix par l'importance qu'on y attache; et certes, M. Fonfrède, en attaquant une à une les diverses parties de l'écrit de M. de Chateaubriand, a prouvé ou que les questions contenues dans cet écrit sont bien graves, ou que, si elles ne le sont pas, elles ont, du moins, été traitées avec bien du talent; car il n'y a qu'un grand talent qui sache donner de l'importance aux choses indifférentes.

Mais que serait, dans les circonstances actuelles, un hommage rendu simplement au génie de l'illustre écrivain? Des éloges qui n'intéresseraient que lui seraient sans doute la critique la plus amère de son travail. Aussi je rends grace à M. Fonfrède de lui avoir épargné celle-là. C'est la France tout entière qui, attestant par sa reconnaissance le succès qu'avait le plus à cœur l'illustre écrivain, lui offre la seule récompense digne de lui. Qu'importent donc et la critique de M. Fonfrède et mes éloges? Un seul fait termine les débats, c'est l'approbation du pays.

IMPRIMERIE LE NORMANT FILS, RUE DE SEINE, N.º 8.